Inhalt

Titel der englischen Originalausgabe:
The first brer rabbit book
© Enid Blyton and Darrell Waters Ltd., London
Übersetzung: Ingrid Göllner
Deckelbild und Illustration: Jörg Meyer-Bothling
Textredaktion: Renate Jordan
Fotosatz: A. Kreuzer & Co.
Schrift: 14/14 Punkt Garamond
Druck: Appl
Bestellnummer: 3658
© für die deutsche Übersetzung:
Franz Schneider Verlag, München – Wien 1974
ISBN 3 505 03658 7

Jojo will zum Markt gehen

An einem schönen Frühlingsmorgen nahm Jojo einen kleinen Korb, verschloß seine Tür und ging zum Markt.

Hoffentlich kann ich was Schönes kaufen, überlegte er und hoppelte durch den tiefen Wald. Ich brauche einen Kohlkopf und Karotten. Ach! Fast hätte ich es vergessen, ein Kilo Kohlrüben fehlt mir auch noch.

Der Himmel war blau, die Sonne glitzerte, und Jojo fühlte sich glücklich. Lustig fing er an zu singen.

Plötzlich – wie aus dem Boden gewachsen – stand vor ihm sein alter Feind, der Fuchs. Jojo erschrak fürchterlich und sprang zurück.

Aber der Fuchs machte einen großen Satz vorwärts und packte ihn. „Ha! Ha!" lachte er. „Hab ich dich endlich, Jojo! Du brauchst heute nicht mehr zum Markt zu gehen! Ich werde dich nämlich zum Mittagessen verspeisen! Also komm. Ich bin schon hungrig."

Er packte den armen Jojo an den Ohren, stopfte ihn in seinen leeren Korb und machte sich auf den Heimweg.

Armer Jojo! Nun war er gefangen! Was konnte

er bloß tun, um dem Kochtopf zu entgehen? Sehr lange brauchte er nicht zu überlegen. Denn wenn man der klügste aller Hasen ist, weiß man schnell Rat!

„Warte nur, Fuchs!" murmelte er. „Wir werden sehen, wer von uns beiden das bessere Essen kocht..."

Als der Fuchs in seine Küche eintrat, schrie Jojo aus dem Korb: „Sag, Fuchs, wie willst du mich essen?"

„Ich weiß es noch nicht", antwortete der Fuchs

und schloß die Tür, damit der Hase nur ja nicht entwischen konnte.

„Das wundert mich nicht", meinte Jojo in einem verächtlichen Ton. „Du bringst es ja gar nicht fertig, etwas Gutes zu kochen."

„Meinst du?" kläffte der Fuchs verärgert. „Kannst du denn kochen?"

„Aber sicher! Ich kenne das Rezept des Marmeladenhasen."

„Bah!" machte der Fuchs.

„Das Rezept vom Spinathasen."

„Bah!" machte der Fuchs wieder.

„Das Rezept vom Hasen in Öl mit Kabeljauleber."

„Bah, bah und dreimal bah!"

„Ich kenne auch das Rezept vom Hasen nach Kokinoff", meinte Jojo und lachte verschmitzt in seinen Bart.

Der Fuchs machte so große Augen wie Untertassen. Dieses Rezept gab es natürlich überhaupt nicht, aber das wußte er nicht. „Hasen nach Kokinoff?" fragte er mißtrauisch. „Was ist das denn?"

„Ich werde es dir erklären", antwortete Jojo. „Hast du Karotten?"

„Nein."

„Kohlrüben?"

„Auch nicht!"

„Kohlköpfe?"

„Schon gar nicht!"

„Na, dann kannst du mich auf diese Art nicht zubereiten. Das ist schade, weißt du! Ich glaube, daß es nichts Besseres gibt als Hasen nach Kokinoff. Auf Krautblättern serviert, mit Karotten und mit gebratenen Kohlrüben."

Dem Fuchs lief das Wasser im Maul zusammen. Er kratzte sich zuerst an einem Ohr, dann am anderen und fauchte dann: „Bei meinem Fuchsschwanz, ich werde zu Mittag Hasen nach Kokinoff essen! Ich gehe zum Markt und kaufe das Gemüse!"

Als Jojo das hörte, freute er sich sehr. Denn gerade das wollte er erreichen.

„Den Hasen werde ich in meinen Besenschrank sperren, solange ich zum Markt gehe. Damit er mir nicht davonläuft!" überlegte der Fuchs laut.

Wenn er das Lächeln von Jojo dabei gesehen hätte, wäre er gewiß mißtrauisch geworden.

Der Fuchs stieß den armen Jojo aber in den Besenschrank und verschloß die Tür zweimal. Dann nahm er den Korb und machte sich auf den Weg zum Markt.

Er kaufte einen schönen großen Kohlkopf, ein Kilo Kohlrüben und die schönsten Karotten, die er finden konnte.

Ganz zufrieden kehrte er nach Hause zurück.

Als Häschen Jojo seinen Feind kommen hörte, nahm er einen Besen und schlug mit aller Gewalt gegen die Schranktür. Bumm, bumm! Bumm, bumm! Gleichzeitig schrie er so laut, daß ein Elefant davon taub geworden wäre. „Zu Hilfe!" heulte er. „Der Wolf will mich fressen!"

Der Fuchs traute seinen Ohren nicht. Was wollte denn der Wolf bei ihm? Gestern noch hatte er ihn zum Abendessen eingeladen, und nun wollte ihm dieser Undankbare sein Mittagessen stehlen.

Das soll er bereuen, dachte der Fuchs.

„Laß mich, Wolf!" schrie Jojo weiter. „Du darfst mich nicht mitnehmen. Der Fuchs will mich doch fressen!"

Als der Fuchs das hörte, sträubten sich ihm die Barthaare vor Wut. Er sprang zum Schrank, riß die Tür auf und wollte dem Wolf an den Kragen.

Darauf hatte Jojo nur gewartet. Er ließ blitzschnell den Besen auf den Fuchs fallen und rannte, so schnell er konnte, zur offenen Tür. Im Vorbeilaufen packte er noch den vollen Korb mit dem schönen Gemüse und schrie: „Ich danke dir, Fuchs, daß du für mich eingekauft hast!" Und schon war er draußen.

Kein Wunder, daß Wut und Zorn sich dem Fuchs auf den Magen schlugen: drei Tage und drei Nächte hatte er keinen Hunger mehr. Schon gar nicht auf Hasenbraten.

Der hüpfende Busch

Eines Abends versteckte sich der Mond hinter den Wolken, und die Nacht war dunkel. Da fand bei Meister Fuchs eine seltsame Zusammenkunft statt.

Zuerst kam der Löwe. Er klopfte dreimal an die Tür und grollte mit tiefer Stimme: „Kennwort: Hasenhaut!"

Und lautlos öffnete der Fuchs die Tür. Als nächster folgte Meister Petz, der Bär, dann kam der Wolf. Als letzter flog Falkenauge, der Sperber, herbei. Er murmelte das Wort und hüpfte herein. Hinter ihm wurde die Tür verschlossen.

Bald konnte man undeutlich die Worte hören: „Alle . . . gegen Jojo . . . vereinigen . . ."

Die Schildkröte Serafine, die gerade vorbeikam, blieb stehen und horchte. „Anscheinend wird hier wieder ein böser Streich gegen Jojo vorbereitet", murmelte sie.

Sie drückte ihr Ohr ganz dicht an den Fensterladen, um besser hören zu können.

„Wenn wir mit Jojo fertig werden wollen, müssen wir ihn zusammen fangen", sagte der Fuchs.

„Du hast recht", pflichtete ihm der Löwe bei. „Allein gegen ihn wird keiner von uns etwas erreichen. Er ist einfach zu schlau."

„Nun, was wir machen müssen...", fuhr der Fuchs mit leiser Stimme fort.

Doch was er vorhatte, konnte die Schildkröte trotz aller Anstrengungen nicht mehr hören.

„Diese Schurken", murmelte sie. „Ich möchte zu gern wissen, was sie vorhaben! Vor allem muß ich schnell Jojo davon erzählen!"

Einige Minuten später klopfte sie bei ihrem Freund an.

„Komm herein, Serafine", sagte Jojo. „Was treibst du zu so später Stunde noch draußen?"

„Ach, armer Jojo, ich komme, um dir von einer Verschwörung zu berichten. Der Löwe, der Bär, der Wolf, der Fuchs und der Sperber haben beschlossen, dich gemeinsam zu überfallen. Ich konnte aber nicht hören, wann und auf welche Art sie es machen wollen."

„Danke schön, Serafine, daß du mich gewarnt hast. Ab morgen bin ich noch vorsichtiger!"

In dieser Nacht schlief Jojo nicht sehr gut. In Zukunft würde ihm nun überall Gefahr drohen. Und bei diesem Gedanken bekam er doch große Angst. Am nächsten Morgen blieb er erst einmal zu Hause. Aber schon am Nachmittag begann es ihn in den Pfoten zu kribbeln.

„Ich mag nicht mehr hierbleiben", seufzte er. „Ich werde nur ein wenig im Wald herumspringen. Ich bin vorsichtig und werde gut aufpassen."

Jojo verließ sein Haus. Er schaute hierhin und dorthin. Aber er sah niemand, der ihm auflauerte . . .

So hüpfte er in großen Sprüngen ganz fröhlich dahin. Er kam bis in die Mitte des Waldes, wo sich alle Wege der Tiere kreuzen. Plötzlich erstarrte er vor Schreck.

Rechts sah mit grimmigem Gesicht der Bär aus dem Gebüsch. Von links näherte sich der Fuchs, und von vorne kam der Wolf.

Au weh, dachte Jojo. Es ist besser, wenn ich kehrtmache . . .

Und er drehte sich um.

Aber genau hinter ihm stand der Löwe, schon zum Sprung bereit. Alle Wege waren versperrt, und Jojo saß in der Falle.

„Ach, wenn ich nur fliegen könnte!" seufzte er.

In diesem Augenblick schaute er nach oben und sah auch noch den Sperber, der über ihm schwebte.

Jojo war von allen Seiten von seinen Feinden umringt!

In seiner Angst sprang er einfach in das nächste Gebüsch und duckte sich unter die Zweige. Aber er wußte, daß er damit nur ein wenig Zeit gewonnen hatte. Denn sofort durchsuchten der Bär, der Wolf, der Fuchs und der Löwe den Wald. Hoch am Himmel flog der Sperber, der alles beobachtete.

Was sollte er bloß tun?

Der Bart des armen Hasen sträubte sich vor Angst. Plötzlich sah er Serafine. Langsam näherte sich die tapfere Schildkröte dem Gebüsch.

„Wie kann ich dir helfen?" flüsterte sie, als sie in Jojos Nähe kam.

Und da hatte Jojo, der plötzlich seinen Mut wiederfand, eine Idee. „Erzähle diesen Schurken, daß der hüpfende Busch dich fast gefressen hätte", flüsterte er. „Sag ihnen, daß dies ein sehr böser Busch ist, der sprechen, laufen und Tiere verschlingen kann. Halte sie so lange wie möglich auf. Um den Rest kümmere ich mich."

Serafine lachte, sie hatte verstanden. „Zu Hilfe!

15

Zu Hilfe!" heulte sie und stürzte zum Fuchs und zu den anderen, die nicht mehr als zwei Meter von Jojos Versteck entfernt herumsuchten. „Es ist furchtbar, es ist schrecklich, es ist unglaublich!"

„Was ist dir geschehen?" fragte der Fuchs erstaunt und blieb stehen.

Und auch die anderen Tiere kamen zu der Schildkröte und wollten wissen, was passiert war.

„Nun erzähl schon, Serafine!" kläffte der Wolf.

„Also", begann die Schildkröte, „ich werde vom hüpfenden Busch verfolgt. Ich konnte mich zwar verstecken, aber ich habe Angst, daß er mich wiederfinden wird."

„Der hüpfende Busch?" riefen die fünf Verschwörer wie aus einem Mund.

„Er sieht aus wie alle anderen Büsche", beteuerte Serafine, „aber das Ungeheuer kann sprechen und laufen. Und sobald es ein Tier sieht, wirft es sich darauf und verschlingt es. Es muß hier irgendwo herumschleichen . . ."

„Hier, in unserer Nähe?" fragten die Tiere entsetzt und schauten mit ängstlichen Blicken umher. Sie hatten den Hasen schon fast vergessen.

Und was machte der inzwischen? Er hatte aus seiner Tasche eine Rolle Schnur herausgeholt und dann viele Zweige abgebissen. Er befestigte sie an den Pfoten, an den Ohren und bedeckte seinen ganzen Körper damit. Häschen Jojo hatte sich in einen Busch verwandelt. In den hüpfenden Busch!

Jetzt ist der Augenblick gekommen, mich zu rächen, dachte er. Und er brummte so laut, daß die Blätter an den Bäumen zitterten.

„Habt ihr gehört?" meinte Falkenauge und flog pfeilschnell in die Luft. „Das ist der hüpfende Busch! Ich warte lieber nicht auf ihn. Auf Wiedersehen, Freunde!"

„Der Bu ... Bu ... der Busch ...", stammelten die anderen, bleich vor Angst, und wichen zurück.

Serafine, die Schildkröte, sagte nichts. Um aber besser lachen zu können, zog sie ihren Kopf unter ihren Panzer.

Jojo brummte noch ärger. Dann machte er einen riesengroßen Sprung nach vorn, hüpfte mitten unter seine Feinde und schrie: „Ich bin der hüpfende Busch, der die Füchse und die Bären, die Wölfe und die Löwen frißt! Achtung, Achtung!"

Da flohen alle unter Geheul und Gejammer, und Jojo verfolgte sie noch bis zum Waldrand.

Hätten sie den Mut gehabt, sich umzudrehen, wäre ihnen aufgefallen, daß der hüpfende Busch immer mehr Ähnlichkeit mit Häschen Jojo bekam. Denn durch das Laufen fielen die Zweige, die ihn bedeckten, wieder herunter.

Schon am nächsten Tag wußten es alle Tiere des Waldes. Der Fuchs, der Wolf, ja sogar seine Majestät der Löwe und der Bär sind vor Jojo, dem mutigen Hasen, davongelaufen!

Der gestohlene Marmeladentopf

Als Jojo eines Tages von einem Spaziergang zurückkam, war etwas Furchtbares passiert: Man hatte ihm seinen Marmeladentopf gestohlen!

„Das war sicher Meister Petz, der Bär", murmelte er, als er unter seinem Küchenfenster große Pfotenabdrücke sah.

Und er hoppelte, hopp, hopp, hopp, zum Haus des Bären.

Er fand Meister Petz in seinem Garten. Vor ihm stand auf einem kleinen Tisch tatsächlich der Marmeladentopf!

„Halt!" schrie Jojo und stürzte auf ihn zu. „Dieser Marmeladentopf gehört mir!"

„Nicht mehr!" brummte der Bär. „Er gehört jetzt mir, und ich werde mir die Marmelade schmecken lassen!"

„Aber du hast ihn mir gestohlen!" rief Jojo. „Gib ihn mir zurück!"

„Wenn du meinen Garten nicht augenblicklich verläßt", knurrte Meister Petz, „werde ich dich mitsamt der Marmelade fressen!"

Wütend hüpfte Jojo davon. Aber er versteckte sich gleich hinter der Gartenhecke und überlegte.

Wenn ich versuche, den Topf unter seiner Nase

wegzunehmen, fängt der dicke Kerl mich vielleicht, sagte er sich. Was soll ich bloß machen?

Durch ein Loch in der Hecke besah sich Jojo den Garten ganz genau. In der Mitte saß der dicke Bär an seinem Tisch.

Hinter ihm, an der Hauswand, stand eine lange Reihe umgedrehter Blumentöpfe.

Jojo kam auf eine Idee. Er nahm seine Pfote zwischen die Zähne und pfiff.

Meister Petz blickte überrascht um sich. Woher kam denn dieser Lärm? Jojo pfiff noch einmal. Nun stand der Bär auf. Er ging durch den Garten, öffnete die Tür und schaute neugierig nach draußen. Aber es war nichts zu sehen. Und was hatte der kluge Hase inzwischen gemacht?

Er war durch die Hecke gekrochen, und dann schnell unter einen der umgekehrten Blumentöpfe geschlüpft.

Das ging so schnell, daß Meister Petz, der eine Minute später wieder zurückkam, nichts davon bemerkte.

Jojo aber war unter dem Blumentopf gut versteckt.

„Ich frage mich, wer diesen Lärm gemacht hat", brummte der Bär. „Na ja, es macht nichts, wenn ich es nicht erfahre. Ich will jetzt lieber die Marmelade probieren, die ich Jojo geklaut habe."

Und er setzte sich wieder hin.

Plötzlich machte Jojo unter dem Blumentopf

einen kleinen Schritt auf ihn zu, dann noch einen und noch einen . ...

Was war das für ein komischer Anblick! Es sah aus, als ob der Blumentopf allein ginge!

Langsam näherte er sich so dem Bären. „Wie dumm!" schrie der plötzlich. „Ich habe den Löffel vergessen!"

Er erhob sich brummend und ging ins Haus. Da sauste Jojo aus seinem Versteck hervor, schnappte sich den Marmeladentopf und schlüpfte damit wieder unter den Blumentopf. Gerade da kam der Bär wieder in den Garten zurück.

Als er sah, daß ein Blumentopf wackelnd auf die Gartentür zuging, wurden seine Augen so groß wie Kugeln. „Meine Augen lassen nach", murmelte er. Er schaute noch einmal hin. Aber der Blumentopf ging weiter. Und dieses Mal sang er noch dazu:

> „Ein wunderschöner Blumentopf
> und auch ein Marmeladentopf,
> die gingen gemeinsam zum Garten raus
> und machten sich einen Spaß daraus.
> Tra-la-la-la-la-la!"

Mit einer seltsamen, dumpfen Stimme singend, war der Blumentopf fast an der Gartentür angekommen.

Der Bär rieb sich noch einmal verwundert die Augen. Aber als er sie wieder aufmachte, war der

Blumentopf verschwunden, denn Jojo hatte keine
Zeit verloren. Er war schnell aus dem Garten ge-
hoppelt und unter dem Blumentopf hervorgekro-
chen. Dann nahm er die Marmelade und versteckte
sich damit unter einem Busch.

Nach einer Weile sah er den Bären an der Gartentür, wie er sich vorsichtig umschaute. Als der
Bär den Blumentopf unter der Hecke stehen sah,
war er ganz überrascht.

„Blumentopf", fragte er, „sag mir, wer du bist
und warum du reden kannst!"

21

Der Blumentopf antwortete nicht. Der Bär faßte ihn vorsichtig mit den Spitzen seiner Pfoten an, dann drehte er ihn herum. Der Blumentopf rührte sich nicht. Meister Petz schüttelte den Kopf. Er verstand nichts mehr. Dieser Blumentopf sah wie alle seine übrigen Blumentöpfe aus. Aber einige Minuten vorher konnte er noch singen und laufen!

Plötzlich hörte der Bär neben sich ein kleines Stimmchen, das er gut kannte. Und dieses Stimmchen sang:

> „Ein wunderschöner Blumentopf
> und auch ein Marmeladentopf,
> die gingen gemeinsam zum Garten raus
> und machten sich einen Spaß daraus.
> Tra-la-la-la-la-la!
> Hast du erraten, wer es war?"

Jetzt hatte der Bär verstanden. Dieser freche Jojo hatte ihm einen neuen Streich gespielt.

Der Bär stürzte zum Gartentisch. Da sah er, daß der Marmeladentopf verschwunden war!

„Wenn ich diesen Hasen erwische", schrie er und stellte sich auf seine riesigen Hinterfüße, „werde ich Marmelade aus ihm machen!"

Jojos Apfelbaum

Der schönste Apfelbaum weit und breit gehörte Jojo. Seine Äste waren dick und stark. Und außerdem trug er schöne rote und runde Äpfel. In diesem Sommer hingen an dem Baum so viele Äpfel, daß Jojo sie körbeweise an seine Freunde verschenkte.

Seinen Feinden aber gab er natürlich nicht einen einzigen!

Darüber ärgerten sich der Fuchs, der Wolf und der Bär so, daß sie grün vor Neid wurden. Eines Morgens beschloß der Fuchs, sich einfach einen dieser herrlichen Äpfel zu holen.

Er ging ganz gemächlich in Jojos Obstgarten. Dort stand der Apfelbaum, gebeugt unter der schweren Last der Früchte.

Der Fuchs kam näher. Gierig streckte er seine Pfote nach dem größten und rötesten Apfel aus.

Aber genau in diesem Augenblick fiel etwas auf seinen Kopf. Das war rund und rot. Es war ein Apfel!

„Welcher Schuft wirft da mit Äpfeln nach mir?" keifte er und schaute umher. Aber es bewegte sich nichts im Obstgarten.

Und als er ein zweites Mal versuchte, den dicken

roten Apfel zu erwischen, da machte es wieder
bumm! Und diesmal hatte ihn ein Apfel mitten auf
der Nase getroffen.

Wütend ging der Fuchs um den Apfelbaum herum, schaute nach oben, schaute auf den Boden,
aber niemand war zu sehen.

Das war wirklich merkwürdig.

Gerade da kam Jojo aus seinem Haus, um Äpfel
für das Mittagessen zu holen. Und schon von wei-
tem sah er den Fuchs in seinem Obstgarten. Er hoppelte näher und versteckte sich hinter der Hecke.

Nun versuchte der Fuchs zum drittenmal, mit
seiner Pfote den schönsten Apfel zu holen.

Bumm, bumm, machte es wieder. Und zwei
Äpfel fielen hinter ihm herunter.

Der Fuchs wurde nun fuchsteufelswild! „Tau-
send Teufel!" fauchte er. „Wenn ich diesen elenden
Strolch erwische, mache ich Kleinholz aus ihm!"

Hinter der Hecke lachte Jojo leise vor sich hin.
Denn er hatte wohl gesehen, was geschehen war.
Niemand bewarf den Fuchs. Die Äpfel waren nun
schon so reif, daß sie von selbst vom Baum fielen.

Dieser Dummkopf von Fuchs errät das nie und
nimmer mehr! dachte er. Ich glaube, ich werde
noch einen großen Spaß hier haben.

Und da sah Jojo den Bären und den Wolf, die
sich auch dem Obstgarten näherten. Plötzlich kam
ihm der Gedanke, den Dieben einen Streich zu
spielen. Immer noch hinter der Hecke versteckt,

rief er dem Fuchs zu: „Ich weiß, wer die Äpfel nach dir geworfen hat: der Bär und der Wolf. Sie kommen, um dich fortzujagen!"

Der Fuchs war so wütend, daß er sich gar nicht über die Stimme wunderte. Er schaute sich um und sah tatsächlich den Bären und den Wolf zum Obstgarten schleichen.

„Schau, schau!" schrien die beiden, als sie ihren Freund, den Fuchs, sahen. „Du hattest wohl die gleiche Idee wie wir! Wir werden jetzt alle zusammen die Äpfel ernten!"

Aber wie erstaunt waren sie, als sie der Fuchs nur

böse anfunkelte und zu zetern anfing: „Aha! Da
seid ihr ja, ihr Schurken! Ihr habt also nach mir geworfen! Aber ich werde es euch schon zeigen!"

Und er nahm ein paar Äpfel und warf sie dem
Bären und dem Wolf an den Kopf.

„Au!" brummte Meister Petz und hielt die
Pranken vor sein Gesicht.

„Ui!" jaulte der Wolf und rieb sich seine Backe.

„Der Fuchs ist völlig verrückt geworden", jam-
merten sie beide. „Aber wenn er mit uns streiten
will, dann wollen wir uns tüchtig wehren!"

Und schnell hoben sie die herumliegenden Äpfel
auf und feuerten sie voller Grimm auf den Fuchs.
Schon war die schönste Apfelschlacht im Gange.

Bong, bong, flogen die Äpfel durch den Obstgarten!

Und Jojo, hinter seiner Hecke versteckt, hielt
sich den Bauch vor Lachen!

Der Bär, der Wolf und der Fuchs hörten mit
einem Schlag auf. Sie waren alle erschöpft und
übersät mit blauen Flecken.

„Schließen wir Frieden", schlug der Fuchs vor.

„Einverstanden", antworteten die beiden anderen. „Aber zuerst müssen wir noch etwas klären!
Wir haben dich mit nichts beworfen, bevor du an-
gefangen hast!"

„Aber die Stimme hinter der Hecke hat es mir
doch gesagt!" sagte kleinlaut der Fuchs. Und er erzählte, was er gehört hatte.

Da kam ihm ein schrecklicher Verdacht! Was war denn das für eine Stimme gewesen?

Aber natürlich, jetzt wußte er es: Diese Stimme konnte nur Jojo gehört haben!

Der Fuchs drehte sich blitzschnell herum. Dort, hinter der Hecke, sah er noch ganz kurz zwei lange Ohren, die vor Vergnügen wackelten. Einen Augenblick später waren sie verschwunden.

„Auf Wiedersehen und vielen Dank für den Spaß!" rief Jojo im Davonlaufen.

Seit dieser Zeit ist dem Bären, dem Wolf und dem Fuchs der Appetit auf Äpfel vergangen.

Der Fuchs und die Beißzange

An einem schönen Frühlingsnachmittag spazierte Jojo und seine Freundin Serafine, die Schildkröte, vergnügt durch die Gegend.

Als sie in die Nähe des Fuchshauses kamen, blieb Jojo plötzlich stehen. „Serafine, riechst du etwas?" fragte er mit zitternden Nasenflügeln.

Die Schildkröte streckte ihren Hals aus dem Panzer heraus, schnupperte einmal vor sich hin und stellte dann fest: „Also, wenn ich mich nicht täusche, dann riecht es hier ganz wunderbar nach Krautkuchen!"

„So ist es", erwiderte Jojo. „Und dieser Duft

kommt aus dem Bau des Fuchses. Magst du Kraut-kuchen, Serafine?"

„O ja", antwortete die Schildkröte, „ich könnte schon einen davon vertragen."

„Ich auch. Wir klopfen beim Fuchs an und fragen ihn einfach, ob er uns zwei verkauft."

Jojo ging also zum Fuchshaus und klopfte.

„Was willst du?" fragte der Fuchs, als er öffnete.

„Ich will zwei Krautkuchen kaufen: einen für Serafine und einen für mich."

„Aber gern", antwortete der Fuchs und lachte boshaft. „Ein Krautkuchen kostet fünf Mark!"

„Fünf Mark!" riefen Serafine und Jojo. „Auf dem Markt kosten sie nicht mehr als eine Mark!"

„Fünf Mark oder nichts!"

„Nun gut, dann eben nichts!" schrie Jojo wütend. Und er ging mit Serafine weg.

Plötzlich blieb Jojo stehen. „Hör zu, Serafine", sagte er, „ich weiß, wie wir diesen Geizkragen von einem Fuchs dazu bringen, uns den Krautkuchen doch für eine Mark zu verkaufen. Komm mit, wir gehen noch einmal zu ihm."

Vor der Gartentür des Fuchses versteckten sie sich, und Jojo grub ein Loch. Gerade so groß, daß Serafine hineinpaßte.

Als er fertig war, sagte Jojo zu seiner Freundin: „Schlüpf in dieses Loch, Serafine. Verstecke dich gut. Und wenn der Fuchs kommt, mußt du folgendes machen . . ."

Und er erklärte ihr seinen Plan.

Ein wenig später hörte der Fuchs vor seinem Haus seltsame Geräusche.

„Kss! Kss! Pscht! Pscht!" machte Jojo. „Kss! Kss!"

Neugierig, wie er nun einmal war, ging der Fuchs in den Garten und wollte nachsehen, was los war. Da saß Jojo vor einem Loch und versuchte, daraus etwas hervorzuholen.

„Was machst du da?" fragte der Fuchs und hockte sich ebenfalls hin.

„Pst!" wisperte Jojo unwillig. „Laß mich, ich bin beschäftigt."

Der Fuchs kam noch näher und versuchte, in das Loch hineinzuschauen. Er sah aber nichts. Aber plötzlich kam ihm ein Gedanke. Sicherlich war ein Eichhörnchen oder ein Fasan in dem Loch, und Jojo wollte den Fang für sich behalten!

Der Fuchs träumte nämlich von einem Eichhörnchen oder einem Fasan als Abendessen. Daran, daß ein Hase keine Eichhörnchen und Fasane frißt, dachte der gierige Räuber nicht. Mit einer heftigen Bewegung stieß er Jojo beiseite und steckte seine Pfote in das Loch hinein.

„Au, uih!" heulte er gleich darauf.

Denn Serafine, die ja in dem Loch saß, hatte ihn in die Pfote gebissen, und ließ sie nicht wieder los!

„Hilfe, Hilfe!" schrie er. „So hilf mir doch, Jojo! In dem Loch ist ein schreckliches Tier. Das ist kein

Eichhörnchen und auch kein Fasan. Das muß ein Ungeheuer sein."

„Ein Ungeheuer?" rief Jojo mit erschrockenem Gesicht. „Welches Ungeheuer kann denn in ein so kleines Loch schlüpfen? Ah! Das ist sicher die schreckliche Beißzange. Wenn sie dich einmal beißt, wird sie dich nie mehr loslassen."

Der Fuchs fiel vor Angst beinahe in Ohnmacht. „Rette mich, Jojo!" bettelte er. Sprich du mit ihr!"

„Gern", antwortete Jojo. Er beugte sich zu dem Loch und fragte: „Beißzange, hörst du mich?"

Ein Brummen kam heraus. Serafine, die immer noch in die Pfote des Fuchses biß, konnte ja schlecht reden!

„Beißzange, hör zu", begann Jojo wieder. „Wenn du die Pfote des Fuchses losläßt, wird er dir einen Wunsch erfüllen. Was möchtest du gern?"

Aus dem Loch hörte man wieder nur ein Brummen.

„Sie sagt, daß sie deine Pfote losläßt, wenn sie zwei Krautkuchen bekommt."

„Sei lieb, Jojo", flehte der Fuchs, „laufe rasch in meine Küche und hole zwei Krautschnitten, bevor sie ihre Meinung ändert!"

Jojo ließ sich das nicht zweimal sagen. Er sauste in das Haus, nahm zwei Krautschnitten und legte zwei Mark als Bezahlung auf den Tisch.

Gleich darauf reichte er den Kuchen in das Loch hinunter. Man hörte ein zufriedenes Grunzen, und dann ließ das Ungeheuer die Pfote los. Der Fuchs schüttelte sich noch einmal vor Schreck und rannte ganz schnell wieder in sein Haus zurück.

„Jetzt wird er erst einmal seine wunde Pfote pflegen", sagte Jojo lachend. „Du kannst herauskommen, Serafine, aber paß auf, daß du die Krautkuchen nicht zerdrückst!"

In diesem Augenblick öffnete der Fuchs das Fenster. Er sah, wie Jojo und Serafine den Kuchen aßen.

„Wieso eßt ihr den Kuchen?" fragte er verblüfft. „Der ist doch für die Beißzange!"

„Die Beißzange hat ihn uns geschenkt", erwiderte Jojo.

„Denn die Beißzange ist ein sehr liebes Ungeheuer, weißt du!" fügte Serafine hinzu.

Meister Fuchs verstand gar nichts mehr. Er schloß die Augen, um besser überlegen zu können. Und als er sie wieder öffnete, waren Serafine und Jojo verschwunden.

Da sah er die zwei Mark auf dem Tisch liegen. Und er wußte plötzlich, daß Jojo ihn schon wieder überlistet hatte!

Jojos Goldstück

In diesem Winter lag viel Schnee, der den ganzen Wald zudeckte. Auch Jojos Haus und sein Garten waren ganz verschneit.

Eines Tages, als Jojo spazierenhoppelte, schlichen sich der Bär, der Fuchs und der Wolf, jeder mit einer Schaufel ausgerüstet, zu seinem Haus.

„An die Arbeit!" schrie der Fuchs und lachte böse. „Wir müssen recht viel Schnee in Jojos Garten schaufeln!"

„Ja", stimmte der Bär zu, „wir werfen so viel hinein, daß er seine Tür nicht mehr öffnen kann, wenn er nach Hause kommt."

„Es soll ihm recht geschehen", knurrte der Wolf.

„Er wird dann vom Schneeräumen so müde sein, daß er uns lange Zeit keine Streiche mehr spielen wird."

Und sie machten sich an die Arbeit.

Als Jojo endlich nach Hause kam, fand er seinen Garten über und über voll Schnee.

Er lag so hoch, daß er bis zur Mitte der Haustür anstieg.

„Wer hat das wohl getan?" jammerte er und schaute sich um. Die Antwort war nicht schwer! Denn hinter dem Gartenzaun saßen der Bär, der Wolf und der Fuchs und lachten aus vollem Hals.

„Taugenichtse!" rief Jojo ihnen zu.

Da lachten die drei nur noch mehr und liefen schnell davon. Der arme Hase stand nun ganz allein vor dem riesengroßen Schneehaufen. Er würde Stunden brauchen, um ihn wegzuschaffen. Er konnte nicht in sein Haus, und es war doch so bitterkalt. Das war schon eine böse Sache . . . Und nun begann es auch noch zu schneien. Aber das brachte Jojo plötzlich auf eine Idee. Er lief zu seiner Freundin, der Ziege. „Ich brauche dich, kannst du mir helfen?" bat er sie.

Dann erzählte er ihr von seinem Mißgeschick.

„Mein armer Jojo", bemitleidete sie ihn, „wie kann ich dir nur helfen? Diese Schufte sollten alle in Schneemänner verwandelt werden!"

„Geh einfach zum Fuchs, dann zum Bär und zum Wolf und klopfe bei ihnen an!" schlug Jojo vor. „Und dann erzähle ihnen, daß ich beim Schneeräumen in meinem Garten ein großes Goldstück verloren habe. Und daß ich es durch den neuen Schneefall einfach nicht mehr wiederfinden kann."

„Einverstanden", sagte die Ziege, „ich will gleich losgehen. Hoffentlich gelingt dir dein Plan!"

Die freundliche Ziege machte alles so, wie es ihr Jojo aufgetragen hatte.

Als sie bei den drei Freunden die Nachricht von dem verlorenen Goldstück verbreitet hatte, stürzte jeder sofort mit einer Schaufel los.

Ein Goldstück, was war das für ein Schatz! Sie hofften alle, es möglichst vor Jojo zu finden, um es behalten zu können. Der Fuchs kam als erster in Jojos Garten. Er sah, wie Jojo versuchte, mit einem kleinen Zweig den Schnee wegzukehren.

„Mach das nicht!" schrie er ihm zu. „Du wirst dich nur erkälten. Ich will gern für dich schaufeln. Ich habe auch gehört, daß du ein Goldstück verloren hast!"

„Ja, ja, das auch noch", meinte Jojo ganz nebenbei.

Und der Fuchs begann, den Schnee mit großem Eifer wegzuschaufeln. Er hatte gerade ein Stück geschafft, als der Bär kam. Der Fuchs warf ihm einen bösen Blick zu. Dieser Tölpel wußte also auch Bescheid. Wenn nur er nicht das Goldstück finden würde!

Der Bär machte sich mit noch mehr Eifer an die Arbeit als der Fuchs.

Ganz kurze Zeit später erschien auch noch der Wolf und fing an, Schnee wegzuräumen. Ach, Jojo fand es herrlich, ihnen bei der Arbeit zuzusehen. Wie sie den vielen Schnee aus dem Garten hinausschaufelten und wie sie dabei schwitzten und keuchten! Jojo war recht zufrieden mit seinem Einfall. Bald war der Garten fast frei geräumt.

„Aber merkwürdig", fiel da plötzlich dem Fuchs ein. „Wir haben noch immer kein Goldstück gefunden. Jetzt ist doch fast aller Schnee weg!"

„Ich wundere mich auch schon die ganze Zeit", pflichtete der Wolf bei.

„Ich frage mich . . .", fing der Bär an und drehte sich mit einem bösen Blick zu Jojo. Der aber machte das unschuldigste Gesicht der Welt. Er wußte aber, daß die drei Schneemänner bald dahinterkommen würden, welchen Streich er ihnen gespielt hatte.

„Schaut!" rief er und zeigte auf einen kleinen Schneehaufen am Ende des Gartens. „Nicht wahr, dort funkelt doch mein Goldstück?"

Er hatte kaum den Satz beendet, da stürzten der Fuchs, der Bär und der Wolf darauf los.

„Es gehört mir!" brummte der Bär mit finsterem Gesicht.

„Ich habe es aber zuerst gesehen!" kreischte der Fuchs.

„Ihr Lügner!" schrie der Wolf. „Ich habe es längst vor euch entdeckt!"

Aber was geschah, während die drei sich stritten?

Jojo spazierte gemächlich durch den gesäuberten Garten, ging in sein Haus und verschloß hinter sich die Tür. Die drei Goldsucher merkten plötzlich, daß Jojo weg war.

„Was bedeutet denn das?" brummte der Wolf.

„Das bedeutet, daß dieser unverschämte Hase Jojo uns wieder einen Streich gespielt hat!" merkte der Fuchs da auf einmal. „Es gab nie ein Goldstück . . ."

„Er machte uns vor, daß er es verloren hätte, damit wir seinen Garten putzen!" brummte der Bär. „Und darauf sind wir reingefallen! Das wird er uns aber teuer bezahlen!"

Wütend und müde nahmen alle drei ihre Schaufel und gingen davon. Als sie am Gartentor waren, schrie Jojo hinter ihnen her: „Das ist sehr lieb, daß ihr den Schnee weggeräumt habt, den mir drei Schufte in meinen Garten schaufelten! Hier habt ihr ein Geldstück als Dank!"

Und er warf ein ganz verrostetes altes Geldstück in den Garten.

Der Hase Riesenschreck

In diesem Jahr war der Winter sehr streng, und bald war auf den Feldern und im Wald nicht mehr viel Futter zu finden. Der Boden war ganz hart gefroren. Aber wie viele andere Tiere hatte sich auch Jojo einen Vorrat angelegt. In seinem Schrank lagerten Karotten und Kohlrüben, Nüsse und Zwiebeln, Marmelade und getrocknete Früchte.

In der Speisekammer des Wolfes sah es aber ganz leer aus. Und er ging mager und hungrig durch den Wald, um da und dort doch noch etwas zu essen zu finden.

Eines Tages, als er an Jojos Haus vorbeikam, hatte der Mitleid und gab ihm etwas Gemüse.

„Hier", sagte er freundlich, „hier hast du etwas, daß du dir eine Suppe kochen kannst. Sie wird dich satt machen und ein bißchen wärmen."

Der Wolf bedankte sich und ging weiter.

Zwei Tage später, als Jojo nichtsahnend aus seinem Haus trat, wäre er fast von einem seiner Feinde gefangen worden. Und wer war es, der ihm aufgelauert hatte? Der Wolf!

„Welche Undankbarkeit!" schrie Jojo. „Ich schenke dir Gemüse, und jetzt willst du mich auch noch fressen!"

Und er rannte so schnell davon, daß der Wolf ihm nicht folgen konnte.

Aber schon am nächsten Tag kam der Wolf wieder. Und er war diesmal nicht allein. Er hatte sich den Fuchs, der genauso hungrig war, mitgenommen. Beide warfen sich auf ihn, als er in seinen Garten ging. Doch noch einmal war Jojo schneller als seine beiden Verfolger.

„Ich wette, daß sie mir morgen zu dritt auflauern", murmelte Jojo an diesem Abend, als er wieder in seinem Haus war.

Und er hatte recht! Am nächsten Morgen warteten der Fuchs und der Wolf, unterstützt von dem mageren Bär, in der Nähe seines Hauses auf ihn.

Aber Jojo ging einfach nicht aus. Er blieb zu Hause und überlegte: Wie kann ich mich vor diesen drei Schurken nur bis zum Frühling retten? Sie haben so großen Hunger, daß sie mich jagen werden, bis ich wirklich noch in ihrem Kochtopf lande! Ich muß mir einen Ausweg einfallen lassen.

Aber bald hatte Jojo eine Idee: Ganz früh am Morgen, als alles noch schlief, ging er zu seinem Freund Max, dem kleinen Frosch vom Moorteich.

„Guten Tag, Jojo", begrüßte ihn Max fröhlich. „Du bist heute aber früh aufgestanden!"

„Ja, leider, das mußte sein", sagte Jojo, „sonst kann ich nämlich nicht aus dem Haus gehen. Sobald der Bär, der Fuchs und der Wolf aufgestanden sind, kommen sie zu meinem Haus und warten darauf, daß ich meine Nase herausstecke, um mich zu fangen."

„Das ist aber sehr schlimm für dich, wenn du nicht mehr aus dem Haus gehen kannst", quakte Max, „aber du hast doch sicher schon eine Idee, wie du den drei Strolchen entkommen kannst!"

„Ja, aber natürlich!" rief Jojo. „Und du mußt mir dabei helfen. Könntest du bitte dem ersten, der hier vorbeikommt, erzählen, daß ich mehrere Keksschachteln in dem hohlen Baum hinter meinem Haus versteckt habe?"

„Aber mit Vergnügen", antwortete der Frosch. „Ich hoffe, daß auch wirklich einer der drei hier bei mir vorbeigeht."

Jojo bedankte sich und ging heim. Dann nahm er zwei große Keksschachteln, legte sie in den hohlen Baum und schlich sich schnell wieder in sein Haus zurück. Es war ja noch immer früher Morgen. Er schloß seine Fensterläden und verhielt sich ganz still. Man konnte glauben, daß er noch schlief.

Nach einer Weile kam der Wolf. Er war am Teich vorbeigekommen, und Max, der Frosch, hatte ihm von den versteckten Keksen erzählt. Deshalb schlich er vorsichtig auf Zehenspitzen zu dem Baum. Denn die Kekse wollte er zu gern essen. Jojo, der hinter seinen Fensterläden zusah, lachte vor sich hin. Die Sache fing gut an!

Mühsam und ächzend versuchte der Wolf, in den hohlen Baum hineinzuschlüpfen. Ho-ruck, ho-ruck!

Er drehte sich hin und her, denn die Öffnung war gerade so groß, daß er hineinpaßte. Endlich hatte er es geschafft.

Und dann sah ihn Jojo nicht mehr.

Aber was in dem Baum geschah, konnte er sich gut vorstellen. Der Wolf verschlang gierig alle Kekse. Vanillekekse, Himbeerkekse, Schokoladenkekse . . . Er aß und aß und aß . . .

Und je mehr er aß, desto dicker und runder wurde sein Bauch. Als er die beiden Keksschachteln leer gegessen hatte, war er so satt, daß er nach zwei Minuten einschlief. Man hörte nur noch sein Schnarchen.

Nun öffnete Jojo seine Fensterläden und wartete. Und bald erschienen auch der Bär und der Fuchs.

„Jetzt werde ich es euch aber zeigen", murmelte Jojo. Er ging zu dem Fenster, durch das man den hohlen Baum sehen konnte, öffnete es und schrie aus Leibeskräften: „Komm heraus, du Feigling! Kämpfe doch mit mir, wenn du dich traust."

Der Wolf wachte von dem Geschrei auf und wollte ganz schnell aus dem Baum herausspringen. Aber o Schreck! Sosehr er sich auch plagte, er saß fest! Von den vielen Keksen war er nämlich so dick geworden, daß er nun im Baum gefangen war.

Er versuchte sich zu befreien und drehte sich hin und her, aber er blieb eingeklemmt.

„Zu Hilfe!" schrie er in seiner Not. „Zu Hilfe, ich habe Angst!"

Der Fuchs und der Bär waren zum Baum gestürzt, als sie Jojo mit dem Wolf so schreien hörten. Und nun standen sie sprachlos vor dem jam-
mernden Wolf und verstanden nicht, was da vor
sich ging.

Jojo wurde immer frecher und schimpfte auf den
Wolf ein: „Du hast ja Angst vor mir, du Schlapp-
ohr! Du willst mich fangen, und wenn ich komme,
versteckst du dich in einem Baum!"

Er drehte sich zu Bär und Fuchs um und sagte
mit geschwellter Brust und grollender Stimme:

„Paßt auf, ihr beiden! Ich bin der Hase Riesen-schreck! Schaut, was ich mit eurem Freund ge-macht habe! Der nächste, der mich zu fangen ver-sucht, wird das gleiche erleben. Paßt nur auf!"

Voller Entsetzen rannten der Bär und der Fuchs davon. Bei Jojo war aber wirklich alles möglich! Wenn der Wolf schon in dem hohlen Baum gefan-gen war, was konnte da noch alles geschehen!

Ganz spät am Abend kam der Fuchs mit einer Axt zu dem hohlen Baum, in dem immer noch der dicke Wolf saß. Er hackte die Öffnung größer, und dann endlich war der Wolf befreit.

Das war ein ungemütlicher Tag für ihn gewesen, und er zitterte noch am ganzen Körper nach diesem Schreck. Aber wenigstens hatte Jojo für einige Zeit Ruhe vor seinen Verfolgern.

Ein seltsamer Schneemann

Eines Morgens schneite es dicke, große Flocken. Zur Mittagszeit hatte es noch immer nicht aufge-hört, und der Schnee wurde höher und höher. Der Fuchs und der Wolf saßen beisammen und hielten einen Schwatz.

„Ich habe eine Idee", sagte da der Fuchs zum Wolf und trank eine Tasse heiße Schokolade. „Wir werden Jojo fangen."

„Ach!" meinte der Wolf, der keine Lust hatte, bei dem Wetter aus dem Haus zu gehen. „Wir versuchen schon so lange, Jojo zu fangen, aber es gelingt uns doch nie. Da werden wir auch heute kein Glück haben."

„Ich habe aber eine Möglichkeit gefunden, ihn auch einmal zu überlisten, verstehst du!" antwortete der Fuchs ein wenig gekränkt.

„Eine Möglichkeit!" spottete der Wolf. „Wir brauchen nicht eine Möglichkeit, sondern zehn oder zwanzig!"

„Überhaupt nicht", erwiderte der Fuchs. „Ein einfacher Schneemann genügt."

Der Wolf betrachtete mitleidig seinen Freund und fragte sich im stillen, ob er nicht verrückt geworden sei.

„Ein Schneemann?" wiederholte er.

„Ja, hör zu! Um diese Zeit geht Jojo doch immer im Wald spazieren. Da können wir schnell in seinen Garten gehen und einen Schneemann bauen. Einen Schneemann, der mir ähnlich sehen wird."

„Ich verstehe", meinte der Wolf, „und dann?"

„Wenn Jojo zurückkommt, sieht er den Schneemann und wird sich dabei gar nichts denken. Aber am Abend komme ich zurück. Und dann werde ich den Schneemann zerstören und mich selbst, mit einem weißen Tuch bedeckt, hinstellen. Wenn dann aber Jojo aus dem Haus kommt, um seinen kleinen Abendspaziergang zu machen, kann ich ihn ganz leicht überfallen und fangen. Du wartest inzwischen hier und bereitest schon alles vor!"

„Einverstanden!" rief der Wolf. „Diesmal könnte uns der Plan wirklich gelingen."

Die zwei Freunde gingen also gleich in Jojos Garten und bauten einen Schneemann. Sie machten ihm eine lange Nase, zwei spitze Ohren und sogar einen Schwanz.

Als sie mit der Arbeit fertig waren, trat der Fuchs etwas zurück und stellte mit zufriedenem Gesicht fest: „Man könnte wirklich glauben, daß ich das bin. Das haben wir ausgezeichnet gemacht! Und jetzt gehen wir wieder nach Hause. Heute abend wird Jojo eine lustige Überraschung erleben . . ."

Wenig später kam Jojo zu seinem Haus zurück. Er wurde von seinem Freund, dem Hund Asko, begleitet. Als die beiden den Schneemann bemerkten, wunderten sie sich sehr.

„Das ist komisch", murmelte Jojo, „er sieht doch jemandem ähnlich, den ich kenne!"

„Er hat so ein böses Gesicht, das mich an jemanden erinnert", meinte Asko auch.

„Ich hab's!" rief Jojo. „Er sieht wie der Fuchs aus!"

„Das ist richtig", stimmte der Hund zu. „Ich frage mich, wer ihn gebaut hat!"

In diesem Augenblick kam zufällig die Schildkröte Serafine vorbei.

„Ich weiß es schon", erzählte sie. „Der Fuchs
selbst hat den Schneemann gebaut."

Jojo sah ihn noch einmal genau an. Warum
hatte ihn der Fuchs in seinen Garten gestellt?

„Dieser Schneemann gefällt mir überhaupt
nicht", flüsterte er Asko zu. „Ich hoffe, daß er
nichts Schlimmes bedeutet."

„Denk nicht mehr daran, Jojo. Wenn der Fuchs
oder der Wolf dir etwas Böses antun wollen, werden sie meine Zähne kennenlernen!"

„Du hast recht", erwiderte Jojo. „Es ist dumm

von mir, mich zu beunruhigen. Mit dir zusammen habe ich sowieso vor nichts Angst! Gehen wir ins Haus und essen zu Abend!"

Als sie gerade ganz gemütlich eine große Kartoffeltorte aßen, schlich sich der Fuchs in den Garten. Ganz vorsichtig zerstörte er den Schneemann und stellte statt dessen sich selbst auf den Platz. Dann warf er sich ein weißes Tuch über und bewegte sich nicht mehr. Man hätte wirklich glauben können, daß es derselbe Schneemann war wie vorher.

„Brr!" sagte drinnen im Haus Jojo. „Es wird immer kälter. Ich glaube nicht, daß ich heute noch einmal ausgehen werde!"

Ein eisiger Wind hatte zu blasen begonnen. Der Fuchs begann unter seinem Tuch vor Kälte mit den Zähnen zu klappern. Und plötzlich – hatschi! – konnte er das Niesen nicht länger zurückhalten.

Bei diesem Geräusch stürzten Asko und Jojo zum Fenster. Sie schauten nach draußen, konnten aber niemand sehen. Im Garten war alles ganz still. Der Schneemann stand noch immer da.

„Das ist komisch", meinte Jojo. „Es ist niemand da. Aber wir haben doch beide das Niesen gehört ..."

Die zwei Freunde schauten sich an. Das war eine seltsame Sache!

„Ein Schneemann niest doch nicht", stellte Jojo fest. Aber gerade in diesem Augenblick hörte man schon wieder ein Niesen aus dem Garten.

„Hier versteckt sich jemand!" rief Asko. „Ich gehe nachsehen. Warte hier auf mich!"

„Nein", meinte Jojo. „Ich komme gleich mit dir."

Beide gingen in den Garten. Es war ganz still, und nichts bewegte sich.

„Falls hier ein Dieb ist", knurrte Asko mit tiefer Stimme, „wird er meine Zähne kennenlernen!"

Als der Fuchs das hörte, bekam er schreckliche Angst. Asko, sein schlimmster Feind, war bei Jojo! Wenn er das gewußt hätte, wäre er nicht gekommen!

Währenddessen schnüffelte Asko an allen Ecken im Garten herum.

„Hast du irgend etwas entdeckt?" rief ihm Jojo vom anderen Ende des Gartens zu.

„Nein, nichts", erwiderte der Hund, „aber hier riecht es so komisch."

„Es riecht komisch?"

„Ja, man könnte meinen, daß der Fuchs hier irgendwo steckt!"

Bei diesen Worten glaubte der Fuchs, seine letzte Stunde wäre gekommen. Er schlotterte vor Angst und begann mit den Zähnen zu klappern. Klack, klack, klack! Er konnte gar nicht mehr aufhören.

„Jojo", rief Asko, „hör doch mal! Der Schneemann klappert mit den Zähnen!"

„Sehr komisch", fand Jojo und kam näher.

„Sag mir, Jojo", knurrte Asko ganz laut und

zwinkerte Jojo dabei zu, „hast du schon mal einen Schneemann getroffen, der nach Fuchs riecht?"

„Niemals! Wenn hier ein Schneemann mit den Zähnen klappert und nach Fuchs riecht, muß das ein gefrorener Fuchs sein!"

Jetzt aber wurde es dem Fuchs zuviel. Immer noch in sein weißes Tuch gewickelt, rannte er damit wie verrückt aus dem Garten und lief, so schnell er konnte, in den Wald hinein.

„Bleib doch stehen, Schneemann!" rief Jojo hinter ihm her und lachte aus vollem Halse. „Wenn du so schnell läufst, wird es dir warm, und du wirst schmelzen!"

Die hüpfende Karotte

Eines schönen Tages kaufte der Fuchs die größte, schönste und appetitlichste Karotte, die es auf dem Markt gab.

„Bei meinem buschigen Schwanz!" freute er sich. „Ich habe noch nie eine ähnliche Karotte gesehen! Die ist ja so lang wie Jojos Ohren."

Und da kam ihm plötzlich ein Gedanke! Ein herrlicher Gedanke, um den frechen Jojo aber nun wirklich endlich zu fangen!

Es war ja Winter, und es hatte sehr viel geschneit. Die Wälder, die Felder, die Dächer und die

Gärten lagen alle unter einer weißen Decke. Der Fuchs rannte nach Hause und holte sich eine Rolle Faden, die auch so weiß wie der Schnee war. Den Faden band er um die Karotte und wickelte dann die ganze Rolle ab.

Und damit lief der Fuchs durch den Schnee und zog die Schnur hinter sich her. So lief er ungefähr sechs Meter. Dann versteckte er sich hinter einem Baum und zog an der Schnur. Hopp, sprang die Karotte! Hopp, hopp!

Es sah aus, als ob sie ganz allein laufen würde. Warum? Weil man eine weiße Schnur im Schnee ja nicht sieht ...

Der Fuchs lachte vor sich hin und dachte: Es wird mir schon gelingen, Jojo mit diesem Trick zu erwischen! Ich werde ihn mit dieser Karotte an dem Faden überlisten!

Und er lief schnell zu Jojos Haus und klopfte an seine Tür.

„Wer ist da?" fragte Jojo mißtrauisch von drinnen.

„Ich bin's, der Fuchs. Mach auf!"

Aber Jojo dachte nicht daran, aufzumachen. Er sprach nur durch die Tür mit dem Fuchs. „Was willst du?"

„Ich glaube, ich werde verrückt", erzählte der Fuchs mit zitternder Stimme. „Du wirst es nicht erraten, was ich hinter meinem Haus gesehen habe!"

„Nein", meinte Jojo. „Ich gehe dort nämlich nicht gern spazieren."

„Ich habe eine . . . Karotte gesehen, die lief. Eine riesengroße Karotte, die größte, der ich jemals begegnet bin!"

Jojo war sprachlos hinter seiner Tür. Eine Karotte die laufen konnte? Niemals hatte er so etwas gesehen. Und es sollte vor allem eine Riesenkarotte sein? Das Wasser lief ihm im Mund zusammen. Denn es war lange her, daß er an seiner letzten Karotte geknabbert hatte . . .

Aber in ganz gleichgültigem Ton fragte er: „Und . . . was soll ich machen? Möchtest du etwa, daß ich sie für dich fange?"

„Ja", bat der Fuchs, „ich möchte gern, daß du nach der Karotte siehst. Wenn sie nicht mehr da ist, dann bin ich wohl verrückt. Wenn du sie aber siehst, dann ist es um so besser für dich: Vielleicht kannst du sie schnappen und sie dann behalten!"

„Einverstanden!" sagte Jojo.

Aber er war doch mißtrauisch. Diese Geschichte mit der Karotte gefiel ihm nicht ganz. Vielleicht war das wieder eine List von diesem Fuchs?

Ich werde sehen, überlegte Jojo, ob ich das Glück habe, die Karotte zu essen, oder ob ich selbst gegessen werde.

Er war jetzt neugierig geworden und kam aus dem Haus.

Inzwischen hatte der Fuchs schnell die Karotte

auf den Weg hinter seinen Garten gelegt und sich selbst dann versteckt. Den Faden, an dem die Karotte angebunden war, hielt er fest in der Hand.

Als Jojo die schöne große Karotte am Weg liegen sah, rief er: „Zum Kuckuck noch mal! So eine wunderbare Karotte! Ich könnte mir davon ein gutes Essen machen . . .“

Und hopp, machte er einen kleinen Sprung vorwärts, um sie zu schnappen. Aber hopp, sprang auch die Karotte ein Stückchen weiter.

Jojo war nun wirklich erstaunt. Er konnte ja nicht die weiße Schnur im Schnee sehen! Und er bemerkte auch nicht den Fuchs, der mit dem Faden in der Hand losgelaufen war.

Die Karotte flitzte immer schneller über den schneebedeckten Weg, und Jojo sauste hinter ihr her.

Ganz weit vorn lief der Fuchs, ohne von Jojo gesehen zu werden. Er zog den langen Faden mit der Karotte hinter sich her. Sosehr Jojo sich auch bemühte, er konnte die Karotte einfach nicht erreichen.

Aber als Jojo dann plötzlich auf dem Weg die Spuren vom Fuchs sah, begann er zu begreifen!

Schau, schau, sagte er sich. Ich glaube, ich weiß jetzt, weshalb diese Karotte laufen kann. Sie muß an einem Faden angebunden sein, den ich nur nicht sehen kann. Und der Fuchs rennt da vorn und will mich in eine Falle locken!

Im Laufen überlegte er, was er nur tun könnte. Wie sollte er die Karotte erwischen, ohne selbst gefangen zu werden? Da kam plötzlich hinter ihm Benjamin, der mächtige Widder, angerast. Eingemummelt bis zu den Hörnern, beeilte er sich, nach Hause zu kommen.

Bald hatte er seinen Freund Jojo eingeholt. „Was machst du denn hier?" fragte er atemlos und lief weiter neben ihm her.

„Ich versuche dieses riesengroße Gemüse zu fangen", antwortete Jojo.

In diesem Augenblick erst bemerkte Benjamin die Karotte, die vor ihnen herlief.

„Bei meiner Ehre!" rief er aus und leckte sich die Lippen. „Ich habe noch nie eine laufende Karotte gesehen. Aber wenn ich die erwische, dann wird sie nicht mehr laufen, das verspreche ich dir. Meine letzte Karotte habe ich im vergangenen Sommer verzehrt, und ich würde zu gern wieder mal eine probieren!"

Und dabei begann er, schneller hinter der Karotte herzulaufen.

Jojo folgte ihm, ohne sich allzusehr zu beeilen.

Er ahnte schon, was passieren würde!

Nach einigen Minuten wurde der Fuchs nämlich vom Laufen müde. An einer Kurve blieb er stehen. Dann stellte er sich mitten auf den Weg und zog die Karotte ganz schnell mit der Schnur zu sich.

„So werde ich den guten Jojo schon erwischen",

lachte er höhnisch. „Lauf, Jojo, lauf! Ich verspreche dir, dich zusammen mit dieser Karotte zu kochen!"

Aber wer kam in größter Eile dahergeflitzt?

Nicht Jojo, sondern Benjamin, der Widder!

Er stürmte daher, ohne den Fuchs zu sehen, und... bumm! machte es. Der Fuchs flog durch die Luft und fiel ein Stück weiter in den Schnee.

„Uih jemine!" jammerte er. „Was ist denn jetzt geschehen? Bin ich mit einem Elefanten oder einem Nilpferd zusammengestoßen?"

Aber da sah er schon Benjamin, den Widder, der selbst ganz erstaunt war.

„Du hast dich auf mich gestürzt!" schimpfte der Fuchs wütend und warf sich auf den Widder.

„Überhaupt nicht, du hast mir den Weg verstellt!" schrie Benjamin und stürzte sich mit gesenktem Kopf wieder auf den Fuchs. Er nahm ihn auf seine Hörner und warf ihn noch mal weit in die Luft.

Und was machte Jojo inzwischen? Er kam ganz gemütlich angehoppelt und sah sich das Schauspiel mit Vergnügen an!

Dann ging er zur Karotte, nahm sie und rief den beiden zu: „Das ist lustig, die Karotte ist auch stehengeblieben, um euch wohl zuzusehen!"

Dann biß er ein kleines Stückchen von dem köstlichen Gemüse ab. – Krack, machte es. Bei diesem Geräusch drehte sich der Fuchs um.

„Meine Karotte!" heulte er wütend.

„Deine Karotte!" tat Jojo ganz harmlos. „Diese Karotte gehört dir nicht mehr! Sie gehört dem, der sie gefangen hat! Das hast du mir doch versprochen!"

Der Widder Benjamin stimmte auch zu und jammerte sogar ein bißchen, daß nicht er die Karotte erwischt hatte.

Aber Jojo war gut gelaunt und sagte liebenswürdig: „Komm, wir teilen sie."

Und sie gingen zusammen weiter, einer nach dem anderen in die Karotte beißend. Krick, Krack!

Rote Schuhe und grüne Schuhe

Eines Tages ging Jojo ins Dorf, um sich neue Schuhe zu kaufen. Er wählte lange aus. Aber dann fand er schöne Schuhe und war sehr stolz. Sie waren rot. Rot wie die Kirschen, wie die Erdbeeren, wie die Pfingstrosen.

Jojo stolzierte langsam nach Hause und wollte sich mit seinen schönen Schuhen bewundern lassen.

„He du! Jojo", sprach ihn Mimi, die Sumpfotter an, als sie sich begegneten. „Wie schaust du denn aus! Ist heute Fasching?"

Und der Sperber, der gerade vorbeiflog, sagte: „Ich finde sie zu wenig auffällig. Ich an deiner Stelle würde noch kleine Schleifchen daranbinden!"

Und so ging es weiter, den ganzen Weg bis nach Hause. Alle hatten sich über ihn lustig gemacht. Als er daheim ankam, waren Jojos Backen vor Scham genauso rot wie seine Schuhe.

Welche Schande!

Er setzte sich hin und überlegte. Sie haben ja alle recht, sagte er sich nach einer Weile. Diese Schuhe sind zu rot. Im Wald falle ich durch dieses Rot nur zu sehr auf. Und das ist gefährlich für einen armen Hasen, der immerfort gejagt wird. Aber ich habe kein Geld mehr, um mir andere zu kaufen.

Und Jojo trug seine roten Schuhe weiter. Er zog sie an, wenn er zum Markt ging, wenn er spazierenging und wenn er im Wald herumhoppelte.

Seine Feinde konnten Jojo jetzt viel leichter finden. Wenn sie zwei rote Flecken auf einem Weg sahen, wußten sie, daß es Jojo war. Zwei Mohnblumen in einer Wiese bedeuteten, daß sich Jojo dort ausruhte . . .! Aber erwischt wurde er nie.

Und alle redeten weiter von Jojos Schuhen.

Der Bär, der Wolf und der Fuchs waren wütend.

„Dieser alte Frechdachs Jojo hat es doch wieder geschafft, daß alle über ihn reden", schimpfte der Fuchs. „Seit er diese Schuhe hat, sagt man, daß er uns noch mehr verspottet."

„Das ist wirklich wahr", brummte der Bär. „Ich frage mich nur, woher er das Geld hatte, um sie zu kaufen?"

„Vielleicht hat er es uns gestohlen", sagte der Wolf mit bösem Gesicht. „Dann müssen wir uns aber an ihm rächen!"

„Ja, ja!" stimmten die beiden anderen wie aus einem Mund zu. „Wir rächen uns! Schmeißen wir Jojo doch endlich in die Pfanne!"

Und gleich zogen sie los, um ihn zu suchen. Inzwischen hüpfte Jojo mit seinen roten Schuhen gerade quer durch den Wald. Nach einer Weile setzte er sich müde unter einen Busch.

„Sieh da!" sagte eine Stimme über ihm. „Dir tun wohl deine schönen roten Schuhe weh!"

Das war der Sperber, der sich in der Nähe auf einen Ast gesetzt hatte.

„Überhaupt nicht", antwortete Jojo. „In diesen Schuhen kann ich wundervoll gehen. Mit ihnen laufe ich schneller als jeder andere!"

„Schneller als der Bär, der Fuchs und der Wolf?" fragte der Sperber.

„Aber natürlich!"

„Hoffentlich stimmt das auch!" meinte der Sperber boshaft. „Ich sehe sie nämlich gerade alle drei hierherkommen . . ."

Und tatsächlich — schon waren sie ganz nahe bei Jojo. Er hätte ja noch entwischen können, aber er rührte sich nicht vom Fleck.

Denn er hatte eine Idee. Eine wunderbare Idee, wie er zu neuen Schuhen kommen konnte!

„Was soll ich machen!" jammerte er mit betrübtem Gesicht, aber innerlich lachte er vor Vergnügen. „Ich habe keine Kraft weiterzulaufen. Ich bin zuviel herumgesprungen. Ich werde mich unter diesem Busch verstecken."

Und er schlüpfte eilig darunter.

„Deine roten Schuhe schauen noch heraus", spottete der Sperber.

„Ich kann nichts dafür", jammerte Jojo, der das natürlich mit Absicht gemacht hatte. „Wenn du meinen Feinden nicht verrätst, daß ich hier bin, werden sie mich vielleicht gar nicht entdecken."

Der listige Jojo wußte aber genau, was der Sperber

als erstes machen würde. Der flog nämlich ganz schnell zum Bär, zum Fuchs und zum Wolf und verriet ihnen, wo sich Jojo versteckt hatte.

„Ihr könnt ihn nicht verfehlen", erklärte er. „Seine roten Schuhe schauen unter dem Busch hervor."

„Vielen Dank, Falkenauge!" sagten sie. „Komm doch heute abend zu uns zum Essen. Es wird Hasenbraten geben! Jojo erwartet uns schon unter seinem Busch, damit wir ihn fangen können!"

O nein, Jojo erwartete sie nicht! Denn als Falkenauge ihn verlassen hatte, zog er seine schönen Schuhe aus. Dann versteckte er sie halb unter dem Busch, die Spitzen nach oben, gerade so, als ob seine Füße noch darin steckten.

„Ausgezeichnet!" fand er. „Der Bär, der Wolf und der Fuchs werden glauben, daß ich hier versteckt bin. Dumm genug sind sie dazu!"

Da hörte er schon schleichende Schritte hinter sich.

„Ah, sie sind da", murmelte er. „Jetzt werde ich ihnen einen Streich spielen."

Und schon war er unter einem anderen Busch, genau gegenüber dem, aus dem seine Schuhe herausragten.

„Ich sehe ihn", schrie der Fuchs und zeigte auf die roten Schuhe.

„Das ist ja wunderbar", sagte der Wolf. „Dieses Mal gehört aber Jojo wirklich uns!"

„Ergib dich!" befahl grimmig der Bär.

In dem Busch aber rührte sich kein Blatt. Und die Schuhe bewegten sich nicht.

„Sehr gut", lachte der Wolf und holte aus seiner Weste einen Stock, „wenn du es anders haben willst!"

„Wir werden dich schon herauskriegen!" fügten der Bär und der Fuchs drohend hinzu.

Und bing, beng, schlugen sie mit Stöcken auf den Busch ein.

Aber nichts rührte sich.

Keine Bewegung, kein Schrei. Nicht das geringste Geräusch war zu hören. Die drei Schurken waren ganz verwirrt.

„Komm heraus, Jojo!" schrie der Fuchs. „Du kannst uns doch nicht mehr entkommen!"

Aber kein Laut kam aus dem Busch.

So begannen sie wieder, mit ihren Stöcken loszuhauen. Sie machten es mit solcher Wut, daß bald jedem von ihnen recht heiß wurde.

Der dicke Bär zog als erster seine Weste aus und legte sie hinter sich. Das gleiche machten auch der Fuchs und schließlich der Wolf.

Und da schlich Jojo auf Zehenspitzen hinter ihnen aus dem Busch heraus. Er packte die drei Westen und lief schnell in den Wald.

Der Bär, der Fuchs und der Wolf, die davon nichts gemerkt hatten, schlugen noch einige Zeit auf den Busch ein. Als sie keine Kraft mehr hatten, hörten sie auf.

„Ich wage es nicht, in dem Busch nachzusehen", sagte der Bär. „Jojo muß wie eine Fleischpastete aussehen!"

„Trotzdem werden wir ihn verspeisen", brummten die beiden anderen. „Los, ziehen wir ihn an den Füßen heraus!"

Und jeder griff nach einem Schuh. Die Schuhe kamen ohne Schwierigkeiten heraus. Aber kein Hase war da!

„Dieser Spitzbube von Hase hat uns doch schon wieder einen Streich gespielt!" rief der Wolf bitterböse.

„Ja, und einen ganz schlimmen auch noch", brummte da der Fuchs, und seine Haare sträubten sich vor Wut. „Schau hinter dich. Unsere Westen sind verschwunden!"

„Oh, wenn ich wüßte, wo Jojo sich versteckt", knurrte der Bär, „würde er eine böse Viertelstunde erleben!"

Jojo aber hatte sich inzwischen gar nicht versteckt. Er ging schnell ins Dorf. Mit den Westen im Arm rannte er schnurstracks ins Schuhgeschäft.

„Herr Schuster", fragte er lachend, „geben Sie mir für drei Westen ein paar gute Schuhe?"

„Aber sicher", antwortete der Schuster, „vor allem, wenn es so schöne sind! Sie scheinen in einem ausgezeichneten Zustand zu sein."

„Hier, nehmen Sie sie. Ich möchte dieses Paar Schuhe dafür eintauschen!"

So verließ der listige Jojo den Laden mit schönen neuen Schuhen an den Füßen. Und diesmal machte sich niemand über ihn lustig. Denn diese Schuhe waren grün. Grün wie die Felder, wie die Wiesen, wie die Wälder . . .

Mit diesen Schuhen konnte sich Jojo überall verstecken, denn man sah sie nicht!

Wieder einmal hatte sich gezeigt, daß Jojo einfach schlauer war als alle anderen Tiere. Und der Fuchs, der Bär und der Wolf ärgerten sich noch lange darüber, daß sie keine warmen Westen mehr hatten.